FOI ASSIM QUE ACONTECEU

Foi assim que aconteceu

Tordesilhas é um selo da Alaúde Editora Ltda, empresa do Grupo Editorial Alta Books (Starlin Alta Editora e Consultoria LTDA)

ISBN: 978-65-5568-212-0

Impresso no Brasil – 1ª Edição, 2024 – Edição revisada conforme o Acordo Ortográfico da Língua Portuguesa de 2009.

Dados Internacionais de Catalogação na Publicação (CIP)
(Câmara Brasileira do Livro, SP, Brasil)

Iriarte, Helena
Foi assim que aconteceu-- / Helena Iriarte. -- 1. ed. --Rio de Janeiro : Tordesilhas, 2024.
ISBN 978-65-5568-212-0

1. Romance colombiano I. Título.

24-196488 CDD-Co863

Índices para catálogo sistemático:

1. Romances : Literatura colombiana Co863

Aline Graziele Benitez - Bibliotecária - CRB-1/3129

Produção Editorial: Grupo Editorial Alta Books
Diretor Editorial: Anderson Vieira
Editor da obra: Rodrigo de Faria e Silva
Vendas Governamentais: Cristiane Mutüs
Gerência Comercial: Claudio Lima
Gerência Marketing: Andréa Guatiello

Produtora Editorial: Caroline David
Tradução: Rafael de Oliveira
Copidesque: Vera Moraes
Revisão: Denise Himpel
Capa: Marcelli Ferreira
Diagramação: Cesar Godoy

ALTA BOOKS
GRUPO EDITORIAL

Rua Viúva Cláudio, 291 – Bairro Industrial do Jacaré
CEP: 20.970-031 – Rio de Janeiro (RJ)
Tels.: (21) 3278-8069 / 3278-8419
www.altabooks.com.br – altabooks@altabooks.com.br
Ouvidoria: ouvidoria@altabooks.com.br

Editora **afiliada à:**

ASSOCIADO

FOI ASSIM QUE ACONTECEU

HELENA IRIARTE+IVÁN RICKENMANN

Tradução por Rafael de Oliveira

TORDSILHAS

Rio de Janeiro, 2024

Vamos fazer de conta que o espelho ficou macio como uma gaze e que poderíamos passar por ele. Olha, está virando uma espécie de neblina! Será muito fácil atravessá-lo...

Lewis Carroll
Alice através do espelho

I.R

IR

IR

1 R

DUROU APENAS UM INSTANTE,

QUANDO O BATER DAS ASAS DE

UM PÁSSARO ROMPEU O SILÊNCIO

e isso me moveu da letargia em que minha alma estava imersa. Em vão busquei suas asas ou seu voo ao meu redor, mas ele havia escapado. E, no vidro da janela, opaco de poeira, só avistei a indolência dos meus olhos testemunhando o limite das horas que algum deus inimigo desenrolava, o medo de recomeçar, a insensatez dos dias que se acumularam, estéreis como a minha frustração e o meu cansaço.

Lentamente, como se precisasse remover o que estava no meu caminho, fitei o pôr do sol. Parecia uma imensa folha de papel onde as nuvens desenhavam animais fabulosos que, apesar de sua figura ameaçadora, num instante eram desfeitos pelo vento ou transformados em um borrão de luz e cor num céu que já começava a escurecer.

Então, enquanto eu aguardava algum sinal, o anjo veio me ajudar e, com as pontas das asas, limpou o lado da minha mente abarrotado de quinquilharias e sugeriu que eu atravessasse o pátio e destrancasse um dos quartos que estão trancados, sabe-se lá desde quando. Talvez ali ele pudesse encontrar algo esquecido e aparentemente impossível de ser encontrado. *No entanto, não sei se vale a pena procurar entre tantas coisas antigas*, pensei... mas não importa, talvez eu encontre um daqueles brinquedos que eram meus quando eu era criança. Aqui tenho o molho de chaves e se alguma das fechaduras ainda funcionar, posso entrar em um daqueles quartos, o mais próximo da sala e que talvez guarde o tesouro que os irmãos egoístas buscaram em vão e que só o mais novo encontrou. Pois a senhora a quem ele ofertou um lanche era uma fada madrinha que lhe mostrou o caminho para recuperar o que os gênios do tempo perdido ali haviam escondido.

A CHAVE GIRA FACILMENTE e a porta se abre como se o pino que a prendia tivesse desaparecido...

E quando eu a empurro, algo estranho me impede. Não vejo caixas nem baús, não sinto cheiro de mofo e o quarto, que agora parece muito espaçoso, ilumina-se aos poucos. Sinto-me um pouco tonta e suspeito que acabei de entrar em um lugar desconhecido... talvez um teatro? Nesse caso, devo encontrar um assento e aguardar. Como se percebesse a minha confusão, uma jovem se aproxima e me entrega a programação do espetáculo que, como ela me diz, começará em breve. Não consigo ler o nome do diretor, da peça, do local, tampouco dos atores, posto que me esqueci de trazer os óculos. Então, enquanto tento entender, o terceiro sinal toca, o ambiente escurece e a cortina sobe lentamente.

E como se tivesse pulado amarelinha de olhos fechados, encontro-me em outro espaço que começo a reconhecer: é a minha rua de paralelepípedos, do jeitinho que me recordo, aquela que só ficou intacta na minha memória, mas é a minha casa, a mesma de sempre. Estou correndo, sem pisar na linha, e, quando chego, fico na ponta dos pés para alcançar a aldrava, desejando que abram rápido porque quero urinar. E, enquanto espero, a jovem na entrada me avisa que devo guardar a senha, para que durante o intervalo ninguém ocupe o assento que me foi reservado: plateia, primeira fileira, assento 12.

Então ouço o grito: "Já vou... estou indo" e o som dos chinelos de Otília cessam enfim, o ferrolho desliza e eu corro para dentro.

Agora, encontro-me na cozinha, comendo o chocolate das onze e ouvindo sua história inacabada e da qual não me recordo mais, porque ela sempre misturou histórias e lendas de sua cidade com o que ela inventava e jurava de dedinho que ocorreram conforme sua descrição, porque ela ou a madrinha havia visto, e eu continuei acreditando até agora na veracidade dos fatos. Por isso, muitas vezes confundo a senhora que vem pedir sobras para seus animais com aquela bruxa que se irritava quando não encontrava um espelho para arrumar o chapéu antes de sair para passear pelos telhados.

Embora não me veja de frente e não saiba se era mais alta ou mais baixa, reconheço-me pelo avental que, por anos, vestia ao chegar da escola, para não sujar o uniforme.

Parece que é aquela tarde que fica marcada na memória. Otília está ocupada arrumando a mesa, quando a porta se abre e uma jovem entra na sala de jantar, movimentando-se como se chegasse ao salão principal, onde iniciará o baile.

— É Teresa — diz mamãe, com um sorriso recém-inventado —, ela vai morar conosco e vocês vão se amar como se fossem irmãs.

Mamãe olha para Teresa e para mim, esperando a confirmação do que foi dito, ou talvez do que ela esperasse que diríamos. Mas Teresa não disse nada, e eu, quando vejo o seu gesto desdenhoso, percebo, como se o anjo me dissesse ao pé do ouvido, que o mau tempo vai chegar e se espalhar daqui para o mar ou para além. Assim foi. Mas isso poderá ser visto mais tarde, em outra cena.

Naquela época, foi determinado que era hora de deixar a educação infantil e ingressar na escola. Então lá vou eu, de uniforme e mãos dadas com meus pais, numa segunda-feira de fevereiro... Estou sentindo um pouco de medo, mas quando me perguntam qual é o meu nome, respondo com muita segurança: "Parece que meu nome é tão feio que ninguém lá em casa me diz, então você também pode me chamar de Charito ou Charo quando for me dar uma bronca." As freiras riram e daquele dia em diante fui feliz e passei a ser chamada de Charito.

Encontro-me no estúdio, talvez fazendo a lição de casa. Às vezes a chuva usurpa a minha atenção, mas nada comparado a Teresa, que, seguida por mamãe e meu irmão, entra feito uma tempestade, acusando-me entre insultos e berros, de algo que não entendo. Desconheço o motivo da reclamação e a alegação, talvez porque, com o passar dos anos, eu tenha perdido um pouco a audição e, somado a isso, o palco está longe de onde estou sentada. Ela grita e recordo que peguei seus brincos... meu irmão até tenta me defender, mas, aparentemente apaixonado, defende-me sem afinco e mamãe não consegue acalmá-la. Nego repetidas vezes, frisando que não peguei nada, que odeio os brincos e começo a chorar, mas eles não prestam atenção em mim, talvez porque ainda sou pequena e os gritos de Teresa não os deixam ouvir o som da chuva, muito menos o que eu digo.

Os espectadores contemplam em silêncio, sinto uma vontade imensa de subir ao palco, mas não posso, não tenho permissão para intervir ou modificar nada do que acontece, ou do que já aconteceu? Não sei, mas sei ou me lembro de sentir medo, talvez porque não entendia e porque diante daquela forma de violência que é o grito, o medo sempre me confundiu.

Tento me levantar, mas uma funcionária me informa que devo permanecer sentada para não incomodar os outros, e uma mulher na última fileira toca o meu ombro e me diz, quase ao pé do ouvido, para não me preocupar com o que estamos vendo, pois é assim que acontece quando somos pequenos.

Ainda que os gritos se avolumem e afinem como um ioiô, os espectadores não comentam, apenas assistem ao que está acontecendo, ou ao que já aconteceu? E questiono-me: o que acontecerá após a agitação cessar? Não me recordo e fico aguardando, quase sem piscar, porque esqueci o roteiro ou talvez não tenha ficado muito claro, e agora talvez seja tarde para perguntar; além disso, não há ninguém para me explicar, porque somos espectadores. Basta olhar atentamente e tentar perceber o antes e o depois, quando Teresa causou rebuliço ou algo para me mortificar e, no final, com um sorriso falso, porque ela nunca sorria realmente, disse-me com voz zombeteira: "você pediu". Eu não sabia o que isso significava, porque ela mal tinha completado onze anos, mas, pelo que disseram, já tinha mais de dezessete.

Agora só me importa assistir atentamente ao que vem a seguir. Talvez eu possa modificar algo, considero. A senhora do banco de trás, no entanto, esclarece em voz baixa que não, que tudo a que assistirmos permanecerá intocável àquela distância do que já aconteceu; mas o que é possível, acrescenta, é ver a situação sob outra perspectiva. Não compreendo muito bem, mas assinto e penso que gostaria que alguém me ajudasse a entender o roteiro ou saber por que foi escrito assim; acho que isso é permitido e me proporcionaria tranquilidade; mas não estou certa se algum parente ou amigo daquela época veio cumprir essa função. Além disso, quem viveu essa história já partiu; porém, pode ser que esta noite, quando tantas coisas que eu considerava esquecidas começarem a sacudir a poeira e a ganhar vida diante de nós, alguém se aproxime de mim porque também almeja recordar. Busco sorrateiramente entre os espectadores um rosto conhecido, mas não o encontro; então me questiono: por que esses estranhos vieram assistir a uma história que supostamente diz respeito apenas a mim?

Teresa continua afirmando e repetindo que sou ladra; até que, de repente, como se resgatasse um descarte da memória, começo a lembrar... avistei os brincos deixados no sofá da sala e sucumbi ao desejo de olhar aquelas pedras vermelhas brilhantes; estendi a mão cuidadosamente e peguei um e depois o outro para colocá-los; mas o espelho estava longe e quando ouvi que alguém caminhava pelo corredor, joguei os brincos que devem ter caído sabe-se lá onde e, aproveitando que os passos haviam se afastado, fugi e esqueci ou abdiquei da memória, porque "nossa mente é porosa para o esquecimento", segundo Borges. Então, viro-me para procurar aquele rosto querido entre os espectadores, porque talvez ele também queira participar desta performance.

Mudança de cena. Teresa está encolhida ao lado da minha caixa de brinquedos, então os pega, um por um, olha-os furiosa e, como se eles entendessem, lança-lhes palavras ameaçadoras que não consigo ouvir agora, ela os atira violentamente contra o chão. A minha boneca, aquela que sempre ficava na minha cama e se chamava Laralá, tem os braços e as pernas arrancados, em seguida, Teresa sai do quarto na ponta dos pés.

É noite e há uma lâmpada forte no palco. Papai está apoiado na mesa, há fios e pinças com os quais ele reconecta as pernas e os braços ao tronco da boneca, que está muito imóvel e aparentemente sorridente porque parece o dia em que ele a trouxe, já não me lembro de onde, talvez de outro país. Cuidadosamente, arruma o cabelo dela, desamarra o vestido e, quando me entrega, começo a chorar de pura alegria; talvez seja por isso que, daquele dia em diante, tive certeza de que papai era como Deus e poderia consertar qualquer coisa danificada.

Questiono-me: por que não é possível modificar pelo menos alguma coisa, por menor que seja, para que a maior aconteça de outra forma? Por exemplo, que ela não tivesse deixado os objetos pendurados espalhados, que mamãe não tivesse me questionado se os tinha visto, tão insistentemente que acabei acreditando que por tê-los tocado a culpa era minha. Por isso, pedi naquela noite ao Bom Jesus que me dissesse se eu era uma ladra que enganou a mãe e iria para o inferno; abraçando minha boneca, chorei e parece que, naquela noite, despertei gritando que não tinha pegado os brincos e nem nada. Mas Teresa continuou a semear suspeitas e mentiras que percorriam os cômodos como ar nocivo.

Talvez já tenham se passado alguns dias, não sabemos quantos, porque o teatro não é como as histórias que explicam para que as crianças não se confundam: muito tempo depois. Teresa anda com a boca torcida e o rosto virado para não me olhar, e eu rezo e repito as preces que sei de cor, para que ela não me dirija a palavra. Papai sabe que estou assustada e, para me acalmar, leva-me ao parquinho. Sentamo-nos no banco de sempre e ele me pede para ignorar, diz que se trata de invenção baseada em inveja, aquela palavra que eu ainda não conhecia e não sabia que poderia causar tantos danos.

Então, questiono-me novamente: como posso voltar no tempo para que a minha mão não se aproxime daqueles brincos de pedras vermelhas brilhantes como as do manto da imagem da Virgem, quando foi levada em procissão? Não é possível, porque se assim fosse alteraria o que ocorreu depois e quem sabe quantas outras coisas aconteceriam ao contrário. Talvez papai não tivesse me trazido de presente naquela noite, mesmo não sendo meu aniversário ou Natal, aquele livro de histórias, o mais lindo que já tive. Talvez ele tenha me dado para compartilhar, sem dizer, que confiava em mim e que sabia que eu não era mentirosa tampouco ladra.

Quando me lembro de seu rosto compassivo e sorridente e do livro em minhas mãos, sinto vontade de me levantar do assento para contar aos espectadores quem sou eu, de fitar o presente que papai me deu, porque ele sabe que não sou ladra; mas talvez eu não seja capaz, porque sempre fui tímida; e, mais uma vez, ouço os gritos de Teresa, quando arranca a cortina da janela, e enquanto corre arrastando os farrapos, ela afirma que sou a culpada pelo sumiço dos brincos. Do meu assento posso ver que, emaranhados no véu da cortina, pendem as pepitas dos brincos que ela me acusou de surrupiar.

Ao reviver esses incidentes, percebo por que não é permitido subir ao palco para dar explicações, contrariar as invenções e mentiras de Teresa, e muito menos alterar o que aconteceu ou retribuir aquele pequeno gesto de uma menina que lhe toma das mãos e dos olhos maravilhados, algumas pedras de fantasia.

A cena está mal iluminada e talvez já tenham se passado alguns anos. Papai e mamãe estão no quarto, a porta está entreaberta e fico tão feliz em vê-los de novo que quase tenho de me amarrar no assento para não pular e abraçá-los. Ambos parecem preocupados:

— O que vamos fazer? — pergunta mamãe. — A situação piora a cada dia; os problemas que ela cria já se tornaram intoleráveis e o mais grave é o seu comportamento com Charito.

Entretanto, estou ali, encostada à porta, tentando ouvir e sobretudo compreender o que falam; porém, não entendo algumas palavras, e outras, ao invés de esclarecer o que anseio saber, confundem-me ainda mais.

Empurro a porta porque mamãe me chama e entro em silêncio. Ela parece estar olhando para um ponto que não está em lugar nenhum e diz a papai e a mim que no momento é melhor esperar, que talvez conversando com ela um dia seu comportamento agressivo mude e tudo se resolva.

— Vá para o seu quarto, os livros estão aguardando você — diz ela com ternura, e acaricia minha cabeça.

Saio devagar e um pouco confusa porque naquele dia não consegui me aproximar do segredo que só anos depois pude começar a entender.

Há questões no ar que estão ligadas a outras e todas se enredam porque ainda não é hora de encontrarem os caminhos. E agora, não haverá quem tente esclarecê-las? Talvez seja o que os espectadores estejam se perguntando. O que eles não sabem é que havia muitas respostas, explicações e conjecturas as quais interpostas compuseram uma torre que, ao cair, confundiu ainda mais as coisas e ninguém conseguia entender nada, como diz o livro que narra o que aconteceu com a de Babel.

Mudança de cena. Inclinada sobre meu caderno, estou mais uma vez inventando histórias para fugir dos conflitos em que Teresa nos envolvia como se estivesse enredando lã com fios e fios com papelão e ao olhar a cena e ouvir seus gritos, questiono-me: por que mamãe se deixou prender naquele labirinto de culpa alheia que a encheu de angústia, a mortificou durante parte da sua vida e alterou a harmonia da casa que até a chegada de Teresa sempre fora pacífica?

É estranho vislumbrar o que está acontecendo a partir do "já passou" que mamãe me ensinou, de modo que ao dizê-lo fecharia a porta ao ressentimento, e que desde então sempre repito para me libertar de dores antigas e sentimentos sombrios que estão incorporados como má visão. Enquanto penso naquela época, questiono-me: será que posso mesmo, como quem se abana para constatar que não há mais calor, convencer-me de que realmente "já passou"?

— Não é nada em especial — esclareço à senhora da última fileira —, é que vejo como a infância desliza na minha frente, aquela faixa onde alguém pintava os dias em que eu caminhava devagar e na ponta dos pés, para que não me sentissem vagando.

Mas algo se preparava sorrateiramente e não demorou a aparecer. Então agora não posso me distrair, tenho de estar atenta para não perder nem uma palavra, muito menos gestos que não alterem a quietude do ar, nem o silêncio, mas ressoem como a explosão de milhares de itens quebrando ao mesmo tempo.

Há uma luz fraca. Estou no quarto com a mamãe, aparentemente preocupada, mas sem compartilhar nada. Ela se revira, senta na cama, levanta e repete sem parar: "é uma vergonha, é um canalha por agir assim". E percebo que, mesmo tentando evitar, ela começa a chorar e, com a voz embargada, questiona, afirma, nega, dobra e desdobra o papel que Otília lhe deu, então chama o papai, que entra em cena com seu macacão de trabalho, senta ao lado dela e após ler o papel acaricia sua cabeça.

Eu sabia que isso aconteceria mais cedo ou mais tarde, mas não há o que fazer, porque os dois são mais velhos, só podemos torcer para que resolvam as coisas; e espero que um dia Teresa encontre o que não queria receber de nós; quanto ao Arturo, temo mais por ele, mas a decisão foi dele ou dela, nem sei o que pensar.

— Não consigo imaginar por que ela foi embora — diz ele logo depois. — Tentamos ajudá-la mesmo ela sendo uma mentirosa, de má intenção e má com você, Charito. Todos os dias decidimos dar outra chance a ela e esperávamos que ela entendesse. No final, ela só deixou estragos.

Em meio ao silêncio, um grito:

— Então por que permitiram que ela morasse conosco e me atormentasse tanto?

Escaparam-me as palavras, talvez vindas de alguma memória, de um lugar desconhecido, e dispararam para a escuridão do cômodo, com tanta força que a cena parou por um momento até chegarmos àquele tempo tão distante, enquanto os olhares das pessoas se cruzaram e pareciam questionar mais o grito do que eu.

Senti-me tão envergonhada do meu desabafo que fechei os olhos com força, esperando que alguém, talvez o diretor, pudesse me dizer, mas o ato continuou como se nada tivesse acontecido e tentei me convencer de que não era minha culpa.

Espero que à medida que passe o que chamamos de tempo, que no teatro é apenas uma sucessão de pinturas, torne-se mais claro o que aconteceu com Teresa e sobretudo com Arturo, ou talvez haja alguém aqui, em algum lugar do teatro, disponível para conversar comigo, embora a verdade seja que nem sei muito bem o que quero compreender ou pelo menos recordar.

Em meio à escuridão é possível ouvir o choro de mamãe, mas não quero voltar àqueles dias confusos, e sim esquecê--los, mas algo me distrai; no silêncio do cômodo, ouvem-se passos atravessando o corredor. Trata-se de um homem que anda ereto, olhando ao redor do auditório; quando chega à primeira fileira, para; é Arturo quem agora me olha, talvez para ter certeza de que sou eu, mas se vira e sobe ao palco; não sei se anseia se dirigir a alguém ou se é um monólogo para recordar.

Um pouco desorientado, como se estivesse febril ou apenas fugindo de um pesadelo muito longo, ele anda de um lado para o outro, esfregando os olhos; talvez ele não saiba que é tarde e não pode mais modificar nada, apenas vislumbrar aquela dimensão ambígua, tão próxima na aparência, mas já perdida, porque o tempo não faz concessões. No entanto, parece procurar o fio condutor que dê coerência às suas memórias, e tenta iniciar a história, mas não conhece aquela fórmula: "Era uma vez, num país muito distante", para que alguém possa ouvir a sua versão do que aconteceu e que agora talvez não ouse repetir. E enquanto ele estiver um tanto confuso, sem entender muito bem essa parte de sua vida, talvez conheça aquele garoto confuso que foi atrás de uma mulher tola, que magoou a ele e aos que a acolheram com um amor que ela não ansiava receber. Ou não conseguiu ou nem tentou, porque ela só desejava se vingar de um idoso morto que nunca quis reconhecê-la?

O silêncio envolve a atmosfera do teatro, busco o olhar de Arturo, que sorri; talvez esteja feliz por poder contar o que aconteceu sem que o coro de vozes de tias e parentes distantes continue repetindo, ao longo dos anos: "Não, não foi assim."

E como se não se importasse com quem presta atenção às suas palavras, olha do palco para a frente e parece concentrar-se naquilo que agora, passados os anos, tenta ver com clareza.

— Um rasto de pequenas coisas conectadas desde o dia em que vi Teresa pela primeira vez; coisas como uma cabana de videira que ela disse ter trazido para mim; palavras ditas em segredo que me tornaram seu cúmplice e lançaram as bases sobre as quais começamos a montar uma história confusa que levou àquela noite em que saí de casa com ela; nada está claro sobre o que aconteceu a seguir e não me interessa explicar, muito menos reviver; para mim já é tarde, para a família significou mais um anel na cadeia de desastres que Teresa prendeu no pulso; e desde que começaram a se perguntar por que fugi com ela, cada um deu versões tão complicadas quanto aquela frase que Charito repetia para nos confundir, rezando o credo ao contrário. — E como se tentasse lembrar, ele começa a sorrir.

Assim que ouvi isso, cobri a boca com a ponta do cachecol para que ninguém percebesse quem eu sou e que estava rindo, ainda assim, repeti isso muito baixinho, surpresa porque apesar do tempo passado, o emaranhado do credo ainda está intacto e posso repeti-lo sem cometer nenhum erro.

A senhora lá atrás me diz em voz baixa:

— Eu nunca consegui aprender. — E nós duas começamos a rir.

O que Arturo não descobriu, ou talvez tenha esquecido, é a dor que causou à mamãe e ao papai, mais do que a sua ausência, por ter escapado como um ladrão; e eles mantiveram essa dor em silêncio, acho, por toda a vida. Só às vezes, quando olhavam o álbum de fotos onde papai havia colado as lembranças do filho, pareciam esquecer.

Agora, lembro-me da alegria deles, quando viravam as páginas, e do sorriso quando se lembravam; as imagens se acumulam uma após a outra; lá está ele, sentado à mesa redonda coberta com a toalha de mesa de veludo da vovó; vira a página e a criança já está crescendo. Mais tarde tenta pedalar o novo triciclo e no Natal sorri ao lado dos soldadinhos de chumbo que o Menino Jesus lhe trouxera; depois, muito sério, com calça de pano, camisa branca e segurando uma vela, no dia da primeira comunhão; mais tarde se formou no ensino médio e a cada foto pararam para relembrar cada ocasião; até que as páginas do álbum ficaram vazias…

E, de repente, sinto o passo de dança de Teresa, que sempre acreditou que o que tinha e o que queria ter lhe pertencia por direito. Mas nunca soube que, por algum motivo, seu pai não estava mais disposto a lhe enviar dinheiro, não queria saber nada sobre sua vida, nem tinha conhecimento da carta em que dizia à mamãe: "a responsabilidade de cuidar da menina não pode estar em melhores mãos que as suas, querida filha". E ele nunca mais se comunicou com ela. Agora, ela atravessa o corredor e, enquanto o tapete silencia o toc-toc de seus passos, faz o possível para monopolizar a atenção; mas nenhum dos espectadores, exceto eu, vira-se para espiar seu rosto já bastante envelhecido, que apesar da maquiagem não consegue reconhecer o outro, aquele que ficou para trás há anos.

Seus olhos percorrem o auditório, talvez buscando alguém que se lembre dela, mas só encontra a mim; olho-a com o vestígio de carinho que fica quando a memória limpa qualquer sentimento ruim. Gostaria de lhe dizer que se ela finalmente se convencesse de que naquele tempo distante eu não furtei os brincos de pedras vermelhas, após a apresentação, poderíamos até sair para tomar um café. Mas o seu olhar desliza por um nível acima de nossa cabeça e continua além; para onde você vai se seu tempo for desperdiçado? Não podemos saber ainda.

Ainda estamos no meio. Arturo não percebeu a chegada de Teresa que logo desaparece entre a decoração. Questiono-me: por que o abandonou? Nunca nos contou. Quando foi almoçar conosco num domingo, não mencionou nada que tivesse a ver com sua vida; passamos a tarde conversando, contando piadas e rindo como se ele não tivesse ido embora, como se aquela noite tivesse parado antes da hora marcada; e se, por algum motivo, uma palavra ou lembrança sugerisse a possibilidade de mencionar aquele episódio, cada um desviava, porque águas passadas não movem moinhos, e o assunto se perdia num lugar escuro do espaço.

Sem demora, uma espécie de vaga inquietação velou as perguntas que papai lhe fazia, as suas respostas eram evasivas e, de repente, como uma criança que apanha o balão que lhe escapou das mãos, no meio de uma explosão de euforia, contou anedotas, fez comentários ou nos explicou alguns projetos fabulosos, nos quais fingimos acreditar, mesmo sabendo que desmoronariam no ar.

Papai tentou nos convencer de que as mentiras que Arturo nos contava sobre sua vida não importavam, mas nem ele nem mamãe conseguiram esconder a angústia. Muitas vezes, naquelas noites de domingo cinzentas, chuvosas e vazias, quando Arturo saía, passavam horas conversando em voz muito baixa ou em silêncio e às vezes parecia que haviam chorado.

Procuro manter-me atenta à apresentação da qual as memórias me distraem, mas, embora me depare com uma parte da minha vida, soa como fragmentos de uma história desconhecida, como aquela que atravessa páginas de um livro que estou começando a ler. Imediatamente a vejo de perto e parece quase a figura intacta em minha memória, então é possível que as duas versões coincidam, caso contrário, guardarei a minha para fitá-la à minha maneira e organizá-la como fiz com aquele lugar que inventei para que a Teresa não pudesse entrar; e se houver lacunas ou confusões, inventarei o que faltar, como se tentasse contar o sonho que tive ontem à noite. Ao meu lado havia uma caixa grande e fechada da qual eu deveria descobrir o conteúdo, porém, embora estivesse a examinando com as mãos e outros personagens sem rosto esperassem que fosse aberta, não era possível e eu não sabia o porquê.

É como ocorre com a memória, quando ela não me permite me apoderar da ponta do fio de seu novelo. Talvez memórias e sonhos sejam feitos da mesma matéria. Paro de pensar nisso para assistir à cena que se ilumina. Há livros e papéis no chão. Estou em frente à mesinha, provavelmente escrevendo, inventando uma história sobre fantoches e bonecos que começam a balançar no palco. E como ainda sou uma garotinha, concluo que os espectadores perceberam que a cena ocorreu há anos.

Olho atentamente do meu assento e rio ao me lembrar disso; a senhora do assento ao lado questiona se eu sei do que se trata.

— Acredito que sim — respondo, orgulhosa por alguém se interessar pelo que a imaginação daquela menininha que eu era estava criando.

— O que aconteceu com o que ela escreveu então?

— Não sei. Aquelas páginas, com certeza, se perderam. Ou, talvez, isso seja fruto do que ela inventou depois, mas temos de esperar porque ainda faltam muitos anos antes de respondermos a sua pergunta.

A senhora sorri satisfeita e continua olhando para frente. Faço o mesmo, embora não preste muita atenção aos diálogos dos personagens. Concentro-me para tentar lembrar o que escrevia naquele momento, porém, imagens e palavras se confundem e enquanto tento dar coerência à história, o palco escurece. Observo as figuras que, naquele caderno, tentavam se tornar personagens e, embora do meu assento não consiga entender o que dizem, agora lembro que, em meio a palavras apagadas e substituídas por outras, começaram a procurar um lugar onde sua presença fizesse sentido.

Naquela época, tentei inventar histórias. Ao meu redor, as conversas que ocultavam muitas coisas não ditas e os olhares que insinuavam o que deveria ser escondido não cessavam, ocasionando aquela espécie de poço cada vez mais fundo que eu preenchia e temperava com as versões mais extravagantes e estranhas.

Até que um dia, não me lembro como, descobri a verdade que se metamorfoseou numa série de segredos que agora escapavam com o vento: vovô era pai de Teresa; papai e mamãe sabiam disso desde o nascimento dela, quando o vovô, sem pensar nas consequências tampouco ouvir o que a jovem que se deixara seduzir por ele pediu timidamente, deu-a às freiras de um convento, virou as costas e manteve a calma. Para ele já estava tudo resolvido. Durante anos, ele continuou mentindo e fugindo de sua culpa. Quando as freiras entenderam que Teresa precisava de um lar, ligaram para mamãe, que aceitou a verdade: ele havia fugido. Mamãe o fez, pois acreditava que assim poderia compensar algo que vovô havia feito: ignorar o que chamou de erro juvenil, fazer as malas e comprar uma passagem só de ida para a Itália, onde, segundo ele, era fácil esquecer. Mas, antes de partir, disse às freiras que, quando considerassem oportuno, entregassem a menina à mamãe, que assumiu a culpa do pai, fechou os olhos e acolheu Teresa, como um destino que estava obrigada a cumprir.

A cena é a daquela noite: algumas freiras estão no pátio do convento; um homem e uma mulher entregam algo à madre superiora que estende os braços para receber a criança. Quando a olha por um momento, sorri porque a menina adormeceu apoiada na camisa branca, mas não disse nada, não levantou o rosto, nem mesmo quando saíram às pressas e fecharam o portão, do qual nunca mais se aproximaram.

É o mesmo pátio, mas anos depois. À luz pálida daquela madrugada avista-se o jardim, o pomar e mais ao fundo a silhueta da capela. A madre superiora conversa com a mamãe, que observa as imagens recordadas pela freira: um canto florido do jardim do convento e, ali, atenta apenas à sua brincadeira, Teresa, que é apenas uma criança, põe em ordem algumas peças coloridas para fazer um assento para a boneca de pano.

— Fizemos para ela com os vestidos que já não serviam mais e, com as pedras e galhos encontrados por aí, ela faz casas, estradas e cidadezinhas. Teresa tem sido uma menina solitária e um tanto desconfiada que teve de inventar os amigos com quem brinca, e o cachorro que a seguia pelos cantos do convento, até que, já idoso, adoeceu. Certo dia, tivemos de inventar uma história de que havia feito uma excursão ao céu, mas que logo regressaria. Daquela madrugada, lembro-me de que as batidas nos acordaram e tivemos de abrir o portão, deixá-los entrar e ouvir, sem entender muito bem, os motivos, as desculpas, as mentiras e até partes de um evangelho que nada tinham a ver com a situação e que mal havia assimilado e memorizado. Lembro-me de que aceitamos silenciosamente os enganos, recebemos a mala, talvez com as roupas, as garrafas e um maço de notas, e tentei acalmar o choro da menina em meus braços; nunca dissemos nada a Teresa sobre isso. Prometemos não lembrar tampouco mencionar isso, e agora não sei se aquele silêncio foi benéfico ou maléfico, mas Deus sabe que agimos de boa-fé. O tempo foi passando, a menina foi crescendo e com ela surgiram conflitos que não conseguíamos resolver. Ela já é uma jovem e precisa de muitas coisas que não podemos dar-lhe porque somos muito pobres e, acima de tudo, de um lar. Como seu pai nos informou antes de partir que tinha uma filha apta para cuidar de Teresa, que lhe enviaria o dinheiro para as despesas da menina e que com você estaria nas melhores mãos, lhe pedi que viesse.

— Por isso eu vim.

Mamãe se aproxima da freira, abraça-a e parece que as duas estão chorando.

Uma cena diferente começa a se iluminar. Teresa está fazendo as unhas e cantarolando uma música quando Arturo entra:

— O que vamos fazer? Papai e mamãe estão dispostos e esperam que voltemos para casa, claro, com certas restrições.

— Volte você, se é isso o que deseja; é a sua família e tem medo de ficar longe dela. Quanto a mim, não preciso de vocês, ninguém me interessa. Vocês me aceitaram mais para reparar, como acreditavam, o feito de seu avô, que, como dizem, era meu pai, do que para o meu bem. Espero que o maldito velho apodreça no inferno. Não quero mais voltar para aquela casa. E espero que eles não tenham mais notícias minhas, nem eu notícias suas. Fui clara?

Uma porta se fecha violentamente e Arturo fica sozinho.

O pensamento de cada um navegava de cômodo a cômodo, assumindo diversas figuras que saíam para fofocar no terraço e depois se perdiam pelas esquinas e além. Com o tempo, as imagens e seus vestígios desapareceram da memória de cada um ou foram esquecidos.

Bem, espero que apareça algum conhecido, para que possa expandir o que estamos vendo; uma voz ou um olhar imparcial, se isso for possível.

A senhora da última fileira me questiona:

— O que acontece com a menina que tenta escrever no meio de tanta comoção?

Sorrio, mas não respondo porque não quero antecipar o que acontecerá. Se eu fizer isso, pularei, como quando brincava de amarelinha, as pinturas à frente e isso seria trapaça.

Lembro-me de, nesse momento, inventar um lugar no qual me refugiava sempre que Teresa começava a discutir. Não sei se era muito espaçoso, mas ali o que guardasse seria só meu.

A cena muda e uma luz externa ilumina o que Charito nomeia: as coisas que ela inventa, as que guarda num círculo rodeado de pedras e galhos, as histórias e a mala que leva para todo canto com desenhos, papéis para fazer figurinhas e depois colorir, miçangas de pulseiras velhas, ervilhas secas para alimentar as bonecas e os anúncios de brinquedos em revistas estrangeiras, que, talvez, por serem caros, nunca poderia ter.

Gostaria de contar isso à senhora que almeja falar comigo; talvez, se eu o fizer discretamente, ninguém se incomode, mas não acho que ela esteja interessada nas minhas quinquilharias; e, quando me lembro, fico triste por não ter com quem compartilhar as imagens para atravessar o beco que leva ao passado, porque a porta é tão estreita que só eu posso passar.

Questiono-me sobre aquele mundo tão pequeno que, numa mesinha, ou ao lado da pia do pátio, estava repleto das realidades mais improváveis. Porque ali apareciam todos os dias, como novos botões no solo do jardim, figuras, construções que mamãe e Otília me ajudavam a fazer com galhos e areia, e papai tirava fotos daquilo que parecia vir de cidades de outros mundos.

Aquele lugar continua intacto e lembrar dele é atravessar espaços, sem pisar na linha, até encontrá-lo. Porque não está na minha memória, na qual ainda reside, permanece intacto no seu tempo. Foi lá onde vivi o melhor da minha infância, até que um dia fugi e, com isso, recebi meu castigo. Os anos me envelheceram e agora só posso deixar-me guiar pela mão indulgente da memória, até chegar a esse tempo. E, para alcançá-lo, estou jogando pedrinhas para não errar na encruzilhada.

O palco se ilumina. No centro há uma estrutura de gravetos coberta por um pano vermelho e embaixo estou brincando com algo que não consigo ver. Não importa que no palco apenas se sustente, porque, naquele lugar, do tempo no qual vive, a deterioração não é possível. Parece que Teresa se aproxima com seu passo de dança e sua risada ameaçadora. Rapidamente me armo com um pedaço de galho para que ela passe e, à medida que a cena escurece, penso que realmente ninguém poderia tê-lo derrubado, porque onde um dia o deixei, nem eu consigo alcançá-lo.

A cena tenta reviver o que era um mistério enquanto acontecia e que só agora começa a ter, não um sentido claro, porque nunca teve, mas, pelo menos, posso apertar a ponta do fio entre as mãos para não se perder novamente. Porém, o diretor perdeu o sentido de tudo isso, porque mesmo uma palavra, um gesto que parece perdido no ar, entre as outras palavras que o cobrem, arrasta consigo o que já foi. E, se olharmos com atenção, anuncia o que vai acontecer, o que só será compreendido anos depois, quando olharmos novamente, esperançosamente com serenidade, porque as memórias, tal como os seres que ali vivem, são vulneráveis e permanecem indefesas à espera da benevolência ou da dureza dos critérios com que as julgamos.

Talvez o diretor da peça tenha conseguido ouvir o que eu disse. A cena é interrompida naquele gesto que mudou muitas coisas e que ainda parece imobilizado no frio daquela tarde, no corredor da casa que estava, como agora, forrado de vasos de gerânios. Foi o gesto que, ao revivê-lo, mamãe sempre lamentou. Durante muito tempo, chamou de "minha tola credulidade, porque se eu tivesse percebido, as coisas teriam sido diferentes, ou, pelo menos, eu teria conseguido entendê-las!" E então? Então nada, mamãe, tudo seria igual.

Foi aquele sinal que Teresa, sem perceber, fez com a mão a Arturo para confirmar o que já haviam combinado:

encontrar-se à meia-noite no corredor. Depois daquele momento impreciso que se seguiu ao seu gesto, só Arturo poderia esclarecer o ocorrido, mas o cobriu cuidadosamente com terra do jardim ou com a colcha que acabara de comprar para Teresa.

Aqueles pedaços de história que murcham, secam e são levados pelo vento devem ser arrancados da realidade e transformados em palavras, para que comecem a experienciar outra vida, aquela que perdura transformada em ficção. Por isso tentarei perceber o que dizem ou não dizem e descreverei neste caderno que levo sempre comigo as imagens que, como as desta noite, lembram o esvoaçar dos tico-ticos sobre a água na bacia, que se dispersam quando me aproximo e só me deixam a sombra do seu voo. É por isso que devo escrever o que estou vendo antes que escape; assim, à meia-noite, quando tudo está em silêncio, questiono-me: qual foi a imagem que encontrei esta manhã? Depois lerei os rabiscos que anotei no caderno e, quando o tico-tico regressar, talvez me mostre o caminho por onde eu estava prestes a me perder.

No palco há muito barulho, eles questionam, afirmam, discutem e tudo parece contraditório, mas se eu ouvir atentamente e não me distrair com as ideias que também, como as deles, vacilam ou ficam truncadas, talvez eu consiga, com paciência, entender e reconstruir qual era a verdade para cada um.

A única voz que não faz parte desse rebuliço é a do papai, que, trancado no silêncio do quarto escuro, passava as tardes no mágico processo de fazê-las sair de sua câmera, aquela caixinha onde haviam sido guardadas milhares de imagens, como na história, quando a fada, assim que tocou a abóbora com a varinha, transformou-a em carruagem e os chinelos da Cinderela em sapatinhos de cristal. Da mesma forma, o milagre aconteceu e, no final, as silhuetas saíram de umas gavetas cheias de água e papai as pendurou numa corda como Otília fazia quando colocava a roupa para secar.

A cena está escura, assim como o quarto em que estamos, e papai, depois de me explicar o processo, me desvenda o mistério: as fotografias coladas nas páginas do álbum. É o dia do seu casamento. Questiono se ainda é possível voltar atrás, porque eu gostaria de carregar a cauda do vestido de noiva da mamãe.

Mudança de cena. Passou-se um tempo. Estou sentada numa poltrona examinando as fotografias ordenadamente, algumas bem antigas, mas todas organizadas com zelo. Em outro álbum estão as que ele tirou nas ruas, nos parques, em qualquer lugar, porque a câmera estava sempre com ele. Ficaram todas para eu guardar como uma história que venho aprendendo a ler e decifrar.

O TERCEIRO TOQUE INDICA que devemos permanecer em silêncio. Só poderão falar aqueles que estão separados de nós pelo tempo que viveram e no qual ainda vivem, enquanto nós seguimos com os dias e os anos que seguem o seu caminho. "Como Deus ordena", já dizia a mamãe.

Naquela época, eu não conseguia opinar, a não ser o que tinha a ver com os trabalhos escolares, com as minhas brincadeiras e com os meus amigos imaginários, visto que tinha poucos amigos reais — e só para brincar no parque —, mas isso não importava lá em casa, em razão dos acontecimentos e chegavam tantos personagens que às vezes nem eu conseguia acompanhar as invenções, que eram mais divertidas do que a realidade entediante.

Agora prestarei atenção na menina que fui, aquela que ficou um pouco fora do contexto, porque, segundo mamãe e papai, não era conveniente saber o significado de certas palavras que, como potes de comprimidos, foram tomadas quando o médico deu a ordem, mas não eram para mim. Por isso, com a intenção de me proteger, antes de falarem de certas coisas, se entreolhavam de uma forma que eu já conhecia e ficavam em silêncio. Nunca imaginaram que eu adivinharia alguma coisa porque já não era tão pequena, tinha onze anos, podia ir à escola sozinha, embora isso não fosse muito divertido, posto que o ônibus me buscava na esquina e eu não precisava atravessar a rua. E o mais importante: embora tentassem encobrir as complicações da família com uma trama de silêncio, enigmas e palavras que não eram o que diziam, eu ainda era um fio na trama.

Não que eu estivesse fazendo uma espécie de álbum, que, como as fotografias antigas que papai guardava, contava a história, a meu ver, daqueles personagens à espera de quem se sentasse num local tranquilo e lhes pedisse que começassem a falar.

Estou no centro da cena, sentada em uma cadeira, diante de uma mesinha. Viro lentamente as páginas dos álbuns e paro nas fotografias que me chamam atenção. Avisto o vovô: alto, arrogante e com um rosto lindo que parece olhar o mundo como se fosse dele. Talvez nessa altura ele tenha seduzido Josefina, a jovem que, explicou-me mamãe, nunca soube muito bem o que lhe acontecia. Mesmo quando a criança nasceu e o vovô a obrigou naquela noite a ir levá-la, junto dele, ao convento, onde as freiras a receberam, ela só pensava em obedecer.

A senhora lá atrás parece preocupada e um pouco insegura porque não tem muita certeza do que viu até agora.

— Se entendi bem, Teresa chegou a sua casa sem saber por quê, nem como viveria num mundo inimaginável até então, não sabia quem a abandonara ou por quê, numa época em que não havia sequer um sinal para seguir.

Não sei o que responder porque essas palavras parecem iluminar um espectro, até então, invisível.

— Parece-me — acrescenta a senhora — que, na distribuição da peça, foi a sua vez, enquanto muito jovem, de pagar o preço, porque, ao magoá-la, estava se vingando de quem desconhecia e isso potencializou o seu ressentimento.

"Desta forma — continuou a senhora lá atrás dizendo —, mesmo estando muito longe, podemos compreender, pelo menos um pouco, o impacto que esta nova vida que talvez ela nunca tenha conseguido compreender teve sobre ela. Se parecia ideal para uma jovem que passou a infância num convento pobre, deve ter sido algo muito difícil para ela sentir que numa família em que todos tinham um lugar, ela era uma roda solta. Não era parte de nada. Simplesmente foi escolhida para cumprir um papel desconhecido. E aí reside, talvez, a origem do seu ressentimento, do seu ódio contra o que os outros deveriam ter valorizado. Então quis se vingar de você por sua origem sombria, da qual ninguém falava, e quando descobriu quem tinha sido seu pai, o ódio criou raízes venenosas que se torceram e cresceram sob os alicerces da casa."

Fico em silêncio pensando no que acabo de ouvir e vislumbro caminhos que podem me ajudar. Será como montar um quebra-cabeça cuja figura nunca consegui decifrar, porque, como disse a senhora, naquela época eu era muito nova. Mas agora, pensando melhor, talvez a figura central do quebra-cabeça seja o vovô.

Enquanto estiver aqui, devo me concentrar. Espero que o diretor tenha editado alguns episódios, porque, embora tenham sido invenção de uma menina, gostaria de assistir-lhes novamente. Talvez o público também se interesse por eles.

Após o intervalo, sem qualquer anúncio, surge um segundo espaço cênico no palco, em direção ao fórum, onde começa uma performance. Parece-me que é uma versão do que escrevi quando já era adolescente.

À luz da segunda cena, são enunciados os trajes brilhantes da princesa e do príncipe que a conduz pela mão e a olha com ternura.

Viro-me na intenção de informar à senhora que, provavelmente, enquanto escrevia a cena, imaginava que o mundo inteiro, inclusive o meu bairro, era povoado por seres maravilhosos semelhantes a príncipes.

— E o que aconteceu depois? — questiona-me.

Certamente, notei que os príncipes saíram de moda.

A cena muda rapidamente, como se uma mão invisível virasse as páginas de um livro. Uma a uma.

A luz realça o falso brilho do traje de uma jovem, um tanto parecida com Teresa, que caminha como se estivesse dançando, olhando para os lados enquanto os convidados chegam à sua festa: estatuetas de macarrão com fantasias de papel brilhante, fantoches que se movem imitando os passos de dança da jovem sussurram entre si e o que se ouve é um burburinho de risadas, gritos e fragmentos de palavras sem sentido.

Há uma nova mudança: a iluminação é neutra. Os bonecos estão desmembrados em cadeiras. Um homem, parecido com Arturo, caminha pela sala com seu terno um pouco desgastado e velho que contrasta com o traje dos bonecos.

É a cena final. Ele parece estar procurando alguém, quando um manequim se aproxima e sussurra, em seu ouvido, algo que nós espectadores podemos ouvir:

— A farsa acabou, mas a jovem, sua amiga, antes de sair, me pediu para lhe entregar isto.

Arturo desdobra o papel no qual é possível ver um coração muito grande e colorido, desenhado com batom, e ler, ao lado: "Só personagens de histórias têm isso. Adeus".

O segundo espaço cênico no palco desaparece. Então, uma cortina isola a pequena pantomima assistida durante a performance que continuará.

— Parece um reflexo do que vimos até agora, não é? — questiona a senhora atrás de mim, emocionada.

Arturo desce do palco e caminha pela plateia. Observa o redor, mas não entende o que aconteceu na obra. Ignorante de tudo, como sempre, não tinha consciência da própria morte e agora tenta mudar o que aconteceu há muito tempo. Eis o que eu acho. Finalmente, regressa ao palco com a agilidade de um menino, talvez esteja procurando algo e pareça desorientado. O espaço está vazio e só há uma cadeira. Ele olha o relógio, talvez vá encontrar alguém. Então, senta-se para esperar. Há uma luz que incide sobre uma jovem que se aproxima de Arturo e lhe fala algo com voz doce. Ele adormeceu?

— Por que você correu como se estivesse fugindo, embora em cada canto, atrás de cada árvore e espaço onde se escondeu, você tentou me encontrar? Sem virar a cabeça para olhar o que estava deixando para trás, você escapou do único lugar onde deveria ter se refugiado. Enquanto isso, como numa brincadeira, você corria com os olhos vendados, escorregava pela corda bamba e depois se levantava, sacudia a poeira e recomeçava. Você poderia ter evitado muita angústia desnecessária, muita busca inútil, muita fuga de algo que não conhecia. É triste lembrar que você ficou horrorizado até com o meu nome, que temeu me encontrar quando a verdade é que me procurava por caminhos errados, quando teria sido mais honroso me encarar e segurar minha mão para empreender com calma o caminho final.

— Eu e os meus pais ainda esperávamos o seu regresso. Sabíamos que ele estava sozinho. Mamãe temia pela sua saúde e, quando enfim o vimos novamente, meus pais pediram, incontáveis vezes, para ele retornar para casa. Ou, pelo menos, que aceitasse a ajuda deles, mas ele sempre recusou por causa de uma mentira ou outra. E por fim encontrou o que procurava há muito tempo, e pelos caminhos mais perigosos.

O palco está escuro, salvo pelo círculo de luz que parece guiar a jovem até que ela desapareça na escuridão.

O TEATRO É ILUMINADO porque há um novo intervalo. O público se levanta, alguns saem para fumar e conversar, e talvez se perguntem quem era aquela jovem que, apesar de estranha, parecia conhecida ou até próxima, em algum momento.

E, embora ao passar esbarre em bolsas e casacos, às vezes para na intenção de conhecer o tópico debatido nos grupos, deixando um aroma de colônia que lembra o que papai usava. Ainda assim, ninguém percebe de quem se trata, porque Arturo, como uma sombra, só recuperará a sua corporeidade no espaço do que já aconteceu. Muito provável seja por isso que, mesmo chamando e fazendo sinais com as mãos, ele não venha ao meu encontro, e sou proibida de subir no palco.

A fim de descansar, convido a senhora para me acompanhar à lanchonete. Lá, poderemos conversar com calma. Estou realmente interessada em conversar com alguém conhecido, e, se não for possível, questionar um dos espectadores por que veio assistir esta história que, ao que parece, só pode interessar a mim, e claro, à senhora lá atrás, embora ela também não tenha compartilhado o motivo de estar aqui.

Como as luzes estão acesas, talvez eu encontre amigos ou conhecidos daquela época. Enquanto observo ao redor, anseio olhar alguém mais de perto. Parece-me que reconheço o seu rosto. Os seus olhos me dizem alguma coisa, não sei o quê, mas começo a compreender mais ou menos. Não é que seja exatamente como aparece na minha história, porque eu não poderia vê-lo como se estivesse diante da janela, mas é como o imaginei. Há algo em seu olhar que me é familiar, no tom da voz quando afirma e depois ri, no movimento das mãos, algo que me é impossível expressar, mas que sinto com certeza e com uma alegria incontrolável. Então afirmo que sim, é ele, mas como chegou a esta sala de teatro, se só vive nas páginas daquela história que terminei de escrever há alguns meses? Se o seu destino está ligado ao que acontece na história, como pôde escapar? E o que ele está fazendo aqui, se o que estamos vendo é a minha história, a da minha família e não a dele? Tenho certeza de que ele não conseguiu entender absolutamente nada, porque vem de um mundo que inventei. E não pode viver fora dele.

— Isso não importa — diz a senhora ao meu lado. — Ele e aqueles que escaparam das páginas escritas podem passear e conversar com quem anseie conhecê-los, sem precisar de você. Isso a incomoda?

Não posso responder, não saberia o que dizer porque não consigo superar o meu espanto. Envergonhada da minha falta de jeito, observo atentamente os outros espectadores que conversam em grupos isolados, cada um usa trajes diferentes e parece que conversam sobre temas que talvez só lhes digam respeito. Talvez se lembrem dos lugares onde passam a vida. Agora posso reconhecê-los facilmente, mas embora me vejam passar, não sabem quem sou e talvez alguns deles questionem, um pouco surpresos: quem é aquela senhora que nos observa com tanta insistência como se quisesse nos questionar algo?

Assim como estou proibida de modificar qualquer palavra ou situação que ocorra no palco, não posso interferir na vida daqueles personagens que não fazem parte da minha. A única coisa que posso fazer é me aproximar na tentativa de descobrir o tópico de suas conversas, e o que tentam expressar com gestos e palavras que talvez eu não tenha permitido que expusessem.

Embora a entonação de suas vozes soe familiar, não entendo o significado de suas palavras, a mensagem e sua intenção me escapam. É como se falassem em um dialeto que já foi meu, mas que agora desconheço, ou que suas palavras viessem de um dicionário que ninguém ainda pensou em editar.

Estou tão confusa que a senhora sentada ao meu lado me diz para esquecer, porque, de forma alguma, será possível intervir naquela realidade que já não é minha. Aceito silenciosamente suas palavras e sorrio, mas, no fundo, fico triste e me questiono: o que eles acham do que têm visto no palco, aqueles que aqui são apenas, como eu, espectadores? Agora eles estão conversando e rindo enquanto vão para seus lugares. Nós duas vamos à lanchonete, mas parece que não está funcionando e, como não há ninguém para nos servir, sentamo-nos novamente, já que em poucos minutos o espetáculo continuará. E, à medida que as luzes se apagam, me questiono: *quem é ela e por que está aqui?* Eu nem sei o seu nome, mas não é hora, seria muito rude perguntar agora; ela é uma interlocutora inteligente e neste teatro onde não pensei em vir, não tive de pagar entrada, tampouco conheço ninguém, só consegui falar com ela. Além disso, a sua forma de entender o que acontece no palco é muito mais clara que a minha, embora eu tenha sido um dos personagens que agora revive o que aconteceu há muito tempo. Ou talvez seja por isso que meu julgamento não é muito objetivo. Por outro lado, a sua família, que não se compromete com ninguém, é serena, ouve as explicações que dou — no teatro chamam-se encenações —, aceita que são necessárias e acredita que o faço porque no palco não é possível interpretar. Então se tudo isso, de alguma forma, atrapalha o fluxo da ação dramática, por outro lado complementa e amplia o que estamos vendo e tem permitido que ela tenha uma visão mais vasta, mais branda e benigna que a minha diante das atitudes e da grosseria de Teresa. Então não preciso saber quem ela é, o que me importa é que continue me acompanhando e esclarecendo aquele passado que eu pensava conhecer, sem perceber que o fio que se desenrolava diante de mim e na minha memória estava se enroscando e fazendo nós que foi preciso cortar.

De qualquer forma, há algo que gostaria de perguntar: de quem é a verdade? Porque se todos os que viveram a história estivessem em cena ao mesmo tempo, incluindo Teresa, a minha família, as freiras e vovô que foi surpreendido pela morte abraçando uma corista que regressou da Europa, cada um defenderia a sua forma de dizê-lo, agir como o único válido e seus erros, preconceitos e medos com os quais administraram a vida, conforme necessário.

Mas como o teatro apenas nos mostra a sucessão dessas supostas verdades, questiono-me: *o autor deste roteiro existe ou se trata de um acaso, uma improvisação dos deuses, ou caprichos e desejos de uma série de personagens que desconheciam as consequências de suas ações?*

O AMBIENTE ESTÁ SILENCIOSO. Todos aguardam a continuação da peça. A senhora lá atrás me diz quase ao pé do ouvido:

— Talvez o roteiro tenha sido provisório e foi modificado conforme os personagens viviam, erravam e voltavam a correr atrás de uma miragem, de desejos impossíveis ou fugiam de seus fantasmas e de suas culpas.

Enquanto isso, o diretor tentava dar ordem e coerência a estes fragmentos da vida, para estruturar a trama.

— Creio que o fez também com as próprias palavras. Enquanto moldava o destino de seus personagens, eles teimosamente decidiam o caminho, às vezes ao contrário do que você havia decidido. Em certa ocasião, alguns até se recusaram a morrer no momento decidido por você. Lembra?

Apagam-se as luzes e estou tão impaciente que mal posso esperar pelo novo ato. A cena parece vazia, embora algumas figuras indefinidas se aproximem, parecendo mais sombras e suas vozes murmúrios. No meio deles está o vovô que se aproxima como se carregasse uma bandeira que só ele vê, mas tê-lo ali tão perto me deixa feliz porque só o conheci através de boatos que sempre soavam como julgamentos negativos. Em geral, as pessoas evitavam o assunto e se seu comportamento fosse comentado inadvertidamente, o silêncio envolvia as palavras.

Vovô, que talvez as luzes façam parecer mais alto, parece bastante nervoso e anda de um lado para o outro do palco, até mamãe aparecer, mal o cumprimentando. Durante a cena eles permanecem frente a frente, mas não se aproximam.

— Ainda se lembra vagamente de mim, certo? Sou sua filha. Você já se esqueceu do resto: o rastro de ações, de palavras vãs que depois de usadas para enganar pessoas, subvertendo seu sentido e cobrindo-as de mentiras, descartou e se orgulhou do que considerou erro de um homem talvez superior ao que o cercava. Agora seria muito demorado e desprezível mencionar tudo novamente. Já não é hora de enumerar o desamparo em que ficou o que você abandonou quando cruzou o mar onde pensava que o que havia deixado para trás estava evaporando na neblina. Porém, "quem disse que você esquece? Não há esquecimento", escreveu um poeta, um daqueles seres que você nunca teria interesse em abordar. E agora você está na minha frente, mas a verdade é que não sei onde está, nem se é real, porque nunca tive certeza de que você fosse. Sabia de você pelo que fez ou fazia, pelo que falavam os recém-chegados que o seguiram. Mas agora não pedirei que preste contas. Você deu à mamãe o que ela precisava para que pudéssemos viver. Às vezes bastava para ela comprar pincéis e tintas para suas aquarelas. Acho que nunca lhe ocorreu olhá-las, não é? Mas deixemos isso para lá. O tempo passou sem você se importar com o que estava destruindo e você não parou um só momento para mensurar as consequências. Então, conforme ditado pelo seu código moral bastante frouxo, as freiras e eu poderíamos remediar o desastre que você causou. Nós cuidaríamos da sua filha e graças àquele dinheiro não haveria problema. O que você não estava interessado em ver era o dano causado a Teresa, a quem você nem por generosidade expôs ser pai. Ela descobriu por outros canais e conviveu com o ressentimento e o ódio dos quais não conseguiu se libertar. E agora eu o questiono: você já soube ou teve interesse em saber o que aconteceu com aquela jovem que se deixou seduzir pelo dono da casa? Não, esse ato constrangedor certamente foi resolvido com algum dinheiro. E a garota? Foi impossível para você assumir uma responsabilidade que teria prejudicado a vida licenciosa que levou até o fim. E agora já é tarde e você não pode voltar atrás. É apenas uma sombra que ninguém resgatará do esquecimento em que você se encontra. Sabe o motivo? As vidas que prejudicam através da leveza, do egoísmo e da vaidade se dissolvem na névoa, como se nunca tivessem existido.

A figura do vovô, que agora parece insegura e um tanto curvada, recua lentamente e se perde sob uma luz escura. Sua filha se dirige ao público:

— Ainda não é o fim da história — diz. Curva-se e desaparece.

Não há nada para adicionar. Qualquer comentário seria inútil depois das palavras da mamãe, aquelas que o vovô talvez nunca quisesse ouvir porque acreditava que as regras eram para os outros, não para ele que vivia em excesso e nem queria atender ao que timidamente lhe gritava. Aquela voz interior lhe disse o que sempre tentou silenciar e que no palco só pode ser ouvido como o murmúrio de culpas antigas ou de canções que ninguém almeja ouvir.

Não é possível à ficção reviver algo, por menor que seja, que nos causa sofrimento. O que no teatro é apenas baixar a cortina, esperar alguns minutos e anunciar o início de um novo ato, na nossa vida foi um corte violento que destruiu ilusões e projetos, que nos deixou no escuro por muito tempo e que transformou o que acreditávamos que seria sempre o mesmo: a forma de dizer "bom-dia", de abençoar a comida compartilhada, de nos beijarmos ao receber coisinhas que nos deram, porque fazendo isso também ofereceríamos um pouco de felicidade. Tudo acabou, inclusive o que a memória não consegue reter. Depois o assento vazio tirou o significado da comida e a magia escondida nos pratos que ela preparava como se pintasse um quadro diferente a cada dia se perdeu. Comer se tornou um hábito que tínhamos para não passar fome, a água perdeu o frescor e não voltou a saciar a sede porque mamãe não estava mais lá e só nos deixou a angústia de tatear em busca de sua presença, que era apenas uma sombra.

Ela saiu ao entardecer, na hora que adorava.

— É uma despedida um pouco triste, mas linda — disse ela.

E como se o anjo que a acompanhava quisesse agradá-la, apertou-lhe a mão quando o sol, como uma enorme bola, se escondeu entre as nuvens.

Há uma luz neutra, quase escura, na cena. Os móveis e objetos cobertos de poeira velha estão desordenados, as plantas estão murchas, o relógio continua correndo em horas que ninguém olha e o quarto está vazio.

— Quando se foi, levou consigo nossa felicidade — expliquei à senhora lá atrás. — E com a morte dela entrou no meu vocabulário uma palavra que era um estado em que sempre me encontrei: órfã. E, ao repeti-la, o fio que me unia à vida se perdeu novamente, então o mundo se mostrou inútil e sem sentido. Os objetos que haviam sido uma extensão de quem ela era, de seus afetos e cuidados, agora se amontoavam como um rastro de coisas sem valor, que dificultavam nossa passagem. Não havia luz para me guiar. Durante muito tempo me isolei, abandonando tudo, como a menina daquela história, que não conseguia se mover porque acreditava que a bruxa havia tirado seus pés para roubar seus chinelos encantados e a verdade é que ela estava com medo para ver que sim, tinha, porque aí... aí precisaria andar de novo, mas sem a mão da mãe não sabia como.

Entro devagar, olho em volta, até com as mãos, a desordem que me rodeia, pego alguns livros, mas não os coloco na biblioteca, paro, olho para o público e como se falasse dormindo me questiono: por que Jesus não a pegou pela mão para que ela não fosse embora? Mas, mesmo fechando os olhos para ouvir melhor, só há silêncio.

— Não — alguém diz em voz alta —, a morte só é uma verdade quando retorna à vida através da palavra, como Deus ensinou a Adão lá no Paraíso. — Os espectadores se perguntam o que isso significa, mas a voz desaparece.

O monólogo é parte essencial da peça, mas só é possível no palco e para mim é proibido, mas não importa, só me importa que a senhora que está atrás de mim possa me ouvir porque quero lembrar o que eu senti naqueles dias após a morte da mamãe e embora os espectadores acreditem que entenderam, é a minha memória que mantém a dor viva desde então.

A cena volta para aquela época, quando a realidade não me permitia questionar nada ou mesmo ficar um pouco mais na cama como fazia alguns dias antes, porque o desamparo do papai era uma afirmação ainda mais poderosa que a morte, então tive de assistir. Ao ouvir o despertador, corri para chamá-lo para tomar o café da manhã que Otília reaquecia repetidas vezes. Acabei andando pela rua, comendo o pão e sacudindo as migalhas do uniforme escolar. A ordem das horas desapareceu e no final das contas não sabíamos o que tínhamos ou não tínhamos feito. Às vezes, sem que papai percebesse ou ouvisse meu choro, eu pedia a mamãe que nos ajudasse um pouco, que se ela tivesse saído sem permissão e sem nos avisar, por favor, deixasse-nos ver o caminho para encontrar algum sentido em nossa vida que agora parecia um agregado de coisas dispersas que não conseguia se encaixar. Por fim, depois de implorar ao papai e até ameaçar que iria para um convento, ele voltou a trabalhar no laboratório onde se acumulavam contratos com revistas e livros de fotografia.

Aconteceu um dia, quando eu estava vagando em busca de algo perdido. Notei que *Dom Quixote*, meu livro querido, estava caído no chão; abaixei-me para pegá-lo e comecei a chorar, a chorar o que não chorava há dias e meses desde a morte de mamãe, porque, segundo minhas tias, eu tinha de ser forte para apoiar o papai. Mas, naquela tarde, abraçada ao livro, chorei alto, sem me importar que ele tentasse me levantar do chão e me acalmar, pois eu não tinha mais forças nem para levantar a cabeça. Agora não consigo me lembrar das palavras dele, porque estava tremendo e o que ele me contava era confuso. Finalmente comecei a limpar a lombada do livro que estava cheia de sujeira e lágrimas. Com um pouco de cera que ele foi buscar na cozinha e colocou no lenço, enceramos a capa e repetimos as palavras que eram a imagem de "um lugar em la Mancha cujo nome não quero lembrar".

Entramos no quarto em silêncio e quando eu disse "boa noite" ele me abençoou, e sem saber por que, nós dois olhamos, talvez pela primeira vez desde aquele dia, para o relógio que havíamos esquecido.

— É quase meia-noite, filha. Amanhã temos de acordar cedo.

E ele permaneceu absorto como se estivesse acordando. Estávamos começando, talvez sem nos darmos conta, a recuperar o fluxo da vida que havíamos interrompido. Eu lhe disse que o acordaria às seis para tomarmos café juntos, então um sorriso apareceu em seu rosto, muito triste, mas mesmo assim um sorriso.

Recordo-me de ir à escola, mas não foi como sempre, eu senti que estava vendo uma rua diferente, pois a luz e as pessoas pareciam mais limpas, mais felizes. Ao olhar para o céu, com uma alegria que nunca mais senti, repeti uma e outra vez: "se a mamãe pudesse ver que chego na hora..." e com um misto de satisfação e tristeza: "talvez eu esteja envelhecendo ou apenas começando a esquecer".

Aterrorizada com aquelas palavras, por não saber de onde vinham ou quem as havia dito, corri até chegar e abracei a Irmã Fermina que acabava de abrir a porta. Parece-me que deixei o uniforme cheio de lágrimas e meleca e, no ar, uma pergunta que ela não se atreveu a fazer porque talvez tenha percebido que eu não teria conseguido responder.

O palco se ilumina e preciso me calar. Papai e eu estamos lado a lado no sofá da sala.

— Ontem à noite sonhei com sua mãe e mesmo que as palavras do sonho não fossem claras, entendi que devemos continuar. Ela me disse ou eu me disse, porque o som das palavras nos sonhos é apenas um eco. Então acordei com a certeza de que ela estava muito perto, ao seu lado e ao meu, porque no mundo dela não existe espaço. Lembro-me de seu rosto olhando para o espaço, talvez para aquele lugar para onde ela havia fugido por um momento para conversar comigo enquanto eu dormia.

A cena se passa dias, talvez meses depois e agora tento evocar aquele tempo estranho que de certa forma nos obrigou a fazer o que ela gostaria, para que nossa vida não perdesse o rumo ou o sentido. Publicaram o livro de fotos da cidade do papai e agora, quando ele o tem nas mãos, me diz:

— Agora posso morrer em paz.

Só que essa alegria chegou tarde porque Heloísa não está aqui. Talvez ele tenha cansado de esperar por ela.

E começamos a entender, quase sem perceber, e apesar da dor que não passava, que a nossa vida continuava, ou melhor, tínhamos de começar a inventá-la sem a mamãe.

O PALCO ESTÁ ILUMINADO. Uma figura se anuncia com o toc-toc dos sapatos. É Teresa. Apesar de haver cadeiras suficientes e um sofá, ela permanece de pé, andando de um lado para o outro e continua esfregando as mãos como se estivesse com frio.

— Há poucos dias me contaram que mamãe havia morrido, e agora parece tão absurdo chamá-la assim quando não pude fazer isso em vida. Demorei a chegar porque não sabia onde procurar a memória dela, que há muito se tornou uma sombra para mim, mas que também não saiu do meu lado, embora eu não soubesse que caminho seguir para encontrá-la. Só havia linhas que se cruzavam e eu não sabia qual delas me levaria à verdade, à minha dor ou à dor que eu causava a ela. A vontade de falar ainda me sufoca, mas ninguém aqui vai querer me ouvir e ela não está mais aqui. A quem eu poderia dizer que mesmo não a tendo visto desde aquela noite, a certeza de que sua voz continuava iluminando a casa, de que seus olhos talvez estivessem olhando por trás da cortina, caso eu voltasse, era a única coisa que me importava sobre isso? Às vezes, tarde da noite, quando eu tinha certeza de que não havia ninguém passando, eu me aproximava da casa, olhava a luz do quarto do seu quarto na esperança de ver sua sombra na frente da janela, mas nunca ousei tocar na porta e simplesmente dizer: estou aqui. Como me dói não ter feito isso quando meu coração clamava por isso. Eu a amava, mas odiava que ela não fosse minha mãe, odiava minha vida e lutava silenciosamente contra aqueles sentimentos confusos enquanto morava na casa, no lar que não fui capaz de aceitar como meu. Naquela época, trancada no meu quarto, eu conversava com ela, contava coisas, fazia desenhos, escrevia cartas e a chamava de mamãe. Até corri para procurá-la na intenção de lhe contar tudo isso, porém, no meio do corredor me arrependi. Voltei para o meu quarto e continuei escrevendo, mas de repente fui tomada pela dúvida. Talvez ela não me amasse e então, desesperada, comecei a chorar, quase gritei, e, com vergonha da minha estupidez, rasguei os desenhos e as cartas e repeti uma e outra vez que não queria o carinho dela porque ela não era minha mãe. A única coisa que crescia em meio à minha confusão era a necessidade de me afastar de tudo o que ela queria que também fosse meu. E aquela vontade doentia de fugir, eu nem sabia de que, virou a vontade maligna de fugir com Arturo, que além de fraco estava apaixonado por mim. Espero que não tenham me culpado por isso, ele já era bem crescido, ainda mais velho que eu e foi comigo porque quis, e se houve falha foi de nós dois. Mas agora é tarde demais e fui eu quem ficou sozinha.

Teresa senta sobre os calcanhares e, com o rosto apoiado nas pernas, soluça. A senhora lá atrás me diz que talvez eu precise ouvi-la e perdoá-la, se ainda for possível.

O palco escurece. O público está absolutamente silencioso. A senhora da última fileira está chorando e me diz bem devagar:

— Coitada, gostaria de falar com ela no fim da peça. Talvez a funcionária do teatro possa lhe entregar uma mensagem ou um bilhete.

Mas agora sou eu quem deve lhe explicar que não é possível se comunicar com quem está no palco. Ela tenta entender e parece aceitar, mas insiste que registrará uma mensagem porque lhe parece arbitrário.

Digo-lhe que ninguém é responsável, porque nem o dono do teatro nem o encenador da peça podem permitir que nos aproximemos dos personagens que são reais apenas no seu mundo, que também é uma ficção; eles viveram e estão em uma época diferente, aquela que já passou ou aquela que não está ao nosso alcance. E se agora regressar é para viver num espaço que nos é proibido. Apenas precisamos tentar entender.

— Então, o que está acontecendo lá, incluindo eles próprios, é tudo mentira, engano?

— Não, o que acontece é que a realidade deles é outra, outro espaço, outro tempo. No entanto, se estivermos atentas, podemos ouvir o que nos contam, bem como o que os inventores de histórias, aventuras e heróis, a quem a sua imaginação deu vida, nos contam há milhares de anos.

— Mas eles morreram também.

— Não, na ficção a sua morte faz parte da sua vida, e é aquela que nunca acaba de ser contada nem acabará de nos proporcionar felicidade quando ouvimos os seus gritos de alegria ou o seu lamento pelo amigo falecido.

A senhora permanece em silêncio, talvez esteja pensando no que acabei de lhe dizer, ou isso a confundiu mais porque fez surgir de algum canto escondido outras preocupações que eu não saberia responder, muito menos explicar com clareza.

A cena se passa no quarto escuro. Digo à senhora que sou eu quem está ao lado do papai. Ele está olhando para o retrato da mamãe, aquele que a vovó pintou.

— Ela era muito linda, acho que foi nessa época que nos conhecemos.

Mas seu sorriso é tão triste que acaricio sua mão e para distraí-lo peço que me conte sobre seu trabalho.

— Quero que olhemos juntos as fotos que você tirou na rua e lembremos aquele exato momento que ficou congelado na câmera, desligado da realidade.

E quando olho para essas fotografias, sempre me questiono o que aconteceu alguns momentos antes de a expressão do seu rosto se fixar.

— E o que aconteceu depois? Por favor, conte-me uma anedota, não importa que você a tenha inventado, só importa que esteja de alguma forma ligada à imagem, ao espaço onde parou e que é uma extensão do que ficou na caixa. É impossível que você não tenha imaginado o que estava acontecendo quando tirou a fotografia. Já sei que seria impossível saber, mas talvez agora você possa, com palavras, fazer com que esses seres que se foram continuem vivendo para sempre.

Papai fica em silêncio, talvez milhares de imagens que procuravam outra realidade tenham vindo e passado pela sua memória repetidas vezes. De repente, ele me diz:

— Bom, parece que chegou a hora de você saber o único segredo que eu tinha e que não me atrevi a compartilhar com Heloísa, pois senti vergonha de compartilhar um projeto que nunca tirei do papel. Algumas das fotografias que tirei ocasionaram centenas de histórias. Quando fiquei sozinho, trancado no quarto escuro, fantasiei e, embora tenha me prometido que, quando não precisasse mais trabalhar, escreveria algumas das histórias que ocupavam minha mente, isso nunca passou de uma ilusão. Quando olhei para aquele momento que minha câmera havia captado, tentei imaginar o que havia acontecido antes de aquela mão parar, daquele sorriso começar, ou do choro daquele menininho agarrado ao urso que estava sendo arrebatado por outra criança maior. Então comecei a inventar, e como a imagem captada na minha fotografia era apenas um instante entre o passado e o que estava por vir, questionei-me por que aquela mão se levantava para tocar a chuva que continuava caindo no meio da tarde ensolarada. Os caminhos se insinuavam em cada imagem que parecia carregar no verso sua história e procurei descobrir o que a fotografia, como um véu transparente, escondia e ao mesmo tempo me permitia vislumbrar fragmentos de vidas que de certa forma me pediam para transformar em palavras o que tentaram contar na caixa preta e branca que se recusava a dizer mais.

— E por que você deixou o tempo passar e não fez isso? E, se foi assim, por que você não faz isso agora?

— Os anos se passaram, filha. Estou velho demais para aquelas aventuras que ficaram no espaço do que não é possível.

— Se você fugir porque tem medo daquela aventura, mais tarde ficará entorpecido, lamentando o que não fez por medo ou por inércia, então você deveria tentar. Se não conseguir, tudo bem, foi uma linda ilusão, mas se os chamar para viver essa aventura, seus personagens entrarão em uma realidade que ninguém além de você pode conceder a eles e não lhes negará isso, certo?

As luzes diminuem um pouco e figuras silenciosas aparecem envoltas num reino de irrealidade.

Uma menina ri, bate palmas, dança, olha para cima e questiona:

— Por que Jesus deixa cair a chuva se está sol?

O menino sentado no meio-fio abraça o ursinho de pelúcia cuja pata foi arrancada e que ele tenta colocar de volta.

Uma mulher está com o rosto entre as mãos. Ao lado dela, no chão, uma criança brinca com um carrinho que não tem mais rodas. A mulher está chorando ou há algo mais forte que a segura?

Agora procuro olhar atentamente para as lembranças, é possível que elas comecem a me contar os segredos que ficam guardados entre os tijolos e telhas, caminham entre as antigas muralhas que foram construídas já não se sabe quando, porque já se passaram anos e vidas de várias gerações. A casa viu a chegada dos avós que buscaram realizar os sonhos que não conseguiram realizar ali. Aqui nasceram seus filhos e os filhos de seus filhos. Porém, esses anos não correm uniformemente como as páginas daquele calendário que alguém arrancava todos os dias para não ficar para trás. Eles não se acumulam como lixo de cozinha. Cada um de nós os viveu à sua maneira e da maneira que o acaso ou as circunstâncias permitiram.

— Sou a única que ainda mora na casa, os outros já foram embora — digo à senhora que está atrás. — Mas não importa, porque naquela hora do pôr do sol você sente a solidão chegando.

No palco, as luzes simulam um pôr do sol e, com os seus passos silenciosos, as sombras dos velhos se juntam lentamente. Eles se sentam na habitual cadeira de balanço ou observam os arbustos para tirar as folhas secas e o mato que não parava de aparecer, e então conversavam. Aí você ouve como uma brisa que não é brisa, como um sopro que parece um murmúrio e, de alguma forma, cada um deixa escapar suas lembranças que parecem desaparecer com as luzes que se apagam.

Conheço todos eles, apenas a figura de alguns escapa à memória e não posso saber exatamente quem são, mas a sua presença é anunciada como quando ouvimos o som de passos e olhamos à nossa volta e não vemos ninguém. Outras vezes eles voltam em meus sonhos, mas sempre ocupam algum espaço próximo e como quero saber algo sobre aqueles personagens que viveram antes de eu nascer e compartilharam parte da minha vida, olho para eles em silêncio para ouvir suas palavras e procurar os vestígios que deixaram, cartas cuja resposta talvez nunca tenham recebido ou que não se atreveram a enviar; fotografias amareladas, algumas de estranhos, rostos que talvez contenham uma história; recortes de acontecimentos, da guerra, das greves, do casamento de um primo distante, papéis espalhados que para eles talvez estivessem unidos pelo fio do afeto ou do medo.

E o que esses sentimentos se tornaram? Por que eles esconderam seu fim? Alguém teria de imaginar isso porque as lembranças do que tinha significado para eles pareciam se perder com a morte, mas não é possível, porque

> *Como pode morrer uma mulher, um homem ou uma criança, que foram tantas primaveras e tantas folhas, tantos livros e tantos pássaros e tantas manhãs e noites.*

Mais uma vez pensei ter ouvido a voz de Borges e procuro por toda parte tentando encontrá-lo, mas não o vejo. Talvez ele esteja confuso ou perdido entre pessoas que não o conhecem.

E como a senhora me pede para lhe contar a meu respeito, explico-lhe que a partir de um dia, aqueles seres que talvez sempre estiveram por ali começaram a invadir a minha imaginação, vagando pelos recantos da memória como fantasmas sem graça ou forma, fragmentos de memórias que não estão mais vivas. Então eu me questionei: *por que aquele vigor que eles tinham enquanto iam e vinham pela vida se perdeu e agora são figuras flácidas como se tivessem sido apagadas pelo tinteiro que virou no papel?*

Então o anjo veio e me mostrou o lugar onde eles haviam esperado, com a certeza de que um dia eu poderia ouvir o seu chamado que se anunciava por meio daqueles sinais que no silêncio da minha casa se confundiam com o ranger da madeira ou, ao acordar, com o absurdo dos sonhos, até o dia em que comecei a resgatá-los do esquecimento. Aos poucos eles saíram de seus esconderijos e, como se fossem sussurros, me contaram fragmentos de vida, tímidos, medrosos ou inventores de mentiras e, no meio daquele labirinto de suas histórias, eu fui lembrando o que tinha visto ou o que eu sabia da voz de quem aparecia, quase secretamente, ou imaginava o significado das suas palavras ou do seu rebuliço no meu pequeno escritório.

Assim fui tecendo suas palavras, adivinhando seus silêncios, para dar forma à história. Quando finalmente cumpriram o seu destino, afastaram-se de mim e se refugiaram numa outra realidade que só consigo olhar como se os tivesse acabado de conhecer numa festa em que acabei de entrar.

— Entendo — diz a senhora. — Creio que são os espectadores, aqueles personagens que não a reconheceram quando nos viram passar há pouco, mas você, sim, percebeu em um deles algo que lhe era familiar.

Sorrio silenciosamente e enquanto espero o início do próximo ato me questiono se o que estamos vendo no palco realmente aconteceu assim. De qualquer forma, não faz sentido imaginar como se desenvolveria a trama se as lembranças fossem diferentes, e menos ainda me questionar se essa realidade faz sentido, ou se se trata de uma versão pessoal do diretor da peça, mas quem é ele? Talvez ninguém consiga me responder a esta pergunta: quem é ele, para quem o antes e o depois, a variedade de espaços, o que os personagens não sabiam, imaginavam ou sabiam, é claro como a página de um livro?

Isso não importa, porque se apenas a ficção permanece diante da realidade incompreensível e mutável, basta-me olhar para o que acontece no palco, como faço ao reler as páginas daquele livro que me dediquei a escrever e que foi montado como um grande quebra-cabeça.

Viro o rosto em busca da senhora na última fileira, mas não consigo encontrá-la. Faço isso quase com impaciência porque preciso continuar conversando com ela e finalmente a vejo. Com a mão ela se despede, sorri para mim e então entendo que não é mais possível nos encontrar, porque agora ela faz parte daqueles espectadores que mesmo separados por apenas algumas fileiras de assentos e assistindo ao mesmo show, não conseguimos nos comunicar.

O TEATRO ESTÁ FICANDO VAZIO e as pessoas que assistiram ao espetáculo foram embora. As luzes se apagam, a cortina desce e aqui, no meio de uma fileira de cadeiras vazias, me sinto muito só e não sei para onde ir, nem onde fica a saída. Aproximo-me do palco para chamar os personagens da peça que acabamos de ver e pedir-lhes que venham comigo até minha casa. Lá eles poderão falar com calma porque ninguém, exceto eu, os ouvirá. Posso acender a lareira porque está frio, ler para eles um pouco do que estou escrevendo e pedir que me digam o que pensam, acrescentar algumas coisas, organizar novamente o material, apagar adjetivos e explicações extras e talvez alongar alguns parágrafos. E se têm certeza de que não interpretei mal o que vi, o que todos nós sabíamos ou do que me lembro e agora escrevo do meu jeito, então podemos passar essas horas restantes da noite em silêncio ou conversando de coisas absurdas e evocando com serenidade o que aconteceu há muito tempo, para que, sem preconceitos ou mal-entendidos, possamos olhar novamente.

Saímos em silêncio, atrás de nós a porta se fecha lentamente, mas não me viro para olhar o que ficou para trás. Ao atravessar o pátio, vejo mamãe segurando a mão de Teresa, vão olhar os gerânios que já floresceram, não param de conversar, rir e me fazem sinais com a mão, talvez para me pedir para não esquecer as palavras que tenho agora. Elas deixam para trás e talvez apaguem o que já disseram.

Ajoelho-me para acender a lareira e espero que as chamas comecem a crepitar nas lenhas. O rosto do papai parece bronze por conta da luz do fogo e, como ele se senta na poltrona de sempre, ao lado do candeeiro que ainda está aceso, e os olhos…

Já escapam do ontem para o amanhã;
já fitam o passado, meu pai!,
piedosamente para minha cabeça grisalha.

Repito o poema baixinho e sento-me ao lado dele, beijo-o na testa, cubro suas mãos com o cobertor, porque está frio, e questiono se ele já começou a inventar aquelas historinhas que pedi para ele escrever, quando olhamos as fotografias, principalmente aquela da qual não me esqueço.

> *...Mas o pai se foi e a menina, com sua mãozinha, agita um lencinho branco para que ele não esqueça que ela o espera ou que está se despedindo.*

Apenas as lembranças
é que ficam...

IR

IR

IR

Sobre autora & ilustrador

Helena Iriarte

Bogotá, 1937. Helena dedicou sua vida às aulas e aos alunos, a compartilhar com os outros aquilo que tanto a apaixona, aquele amor pela literatura que sempre a acompanhou. A sua escrita não é decorativa nem gratuita, nasce de uma profunda necessidade de explicar a si e ao mundo, não faz concessões e a linguagem é a verdadeira protagonista. Estudou Filosofia e Letras na Universidade de Los Andes e especializou-se em Literatura Latino-Americana no Seminário Andrés Bello do Instituto Caro y Cuervo de Bogotá.

Em outubro de 2013 foi homenageada pelo IDARTES, da Secretaria de Cultura de Bogotá, por sua contribuição e legado na área de literatura para a cidade.

Iván Rickenmann

Bogotá, 1965. Pintor e professor universitário, interessa-se particularmente por espaços abandonados ou que mostram a passagem do tempo. Ele não está interessado em fotorrealismo ou hiperrealismo. Nos seus desenhos, espaços e coisas voltam a ser criados, e têm um destaque e uma presença que, de certa forma, lhes dá vida. O carvão, por sua vez, é evocativo. Os seus tons quentes e intensos remetem a fotografias antigas, a memórias.

Caminhe e observe as coisas. Tire fotografias — físicas e mentais — do que é relevante ou exclusivamente banal. O desenho resultante é a combinação de muitas dessas imagens e momentos revividos.

Conheça
também:

Helena Iriarte
o chamado do silêncio
TORDSILHAS
Helena Iriarte
O chamado do silêncio
TORDSILHAS

Este livro foi impresso nas oficinas gráficas da Editora Vozes Ltda.,
Rua Frei Luís, 100 – Petrópolis, RJ.